Rés. p. 2. 359(6)

LES
BOUQUETS POÉTIQUES

DE

ROBERT ANGOT

SIEUR DE L'ÉPERONIÈRE

PUBLIÉS ET ANNOTÉS

PAR

PROSPER BLANCHEMAIN

ROUEN

IMPRIMERIE DE ESPÉRANCE CAGNIARD,

M.D.CCCLXXIII.

PRÉFACE.

Cette plaquette curieuse, dont le seul exemplaire connu nous a été gracieusement communiqué par M. Henri Bordes, bibliophile Bordelais, qui nous a autorisé à en faire une reproduction exacte, contient sept brochures ou feuilles volantes, composées par le poète normand Robert Angot, sieur de l'Eperonière, et originairement imprimées pour être offertes à des juges dont il désirait attirer l'intérêt ou capter la bienveillance.

Il serait impossible aujourd'hui de reconstituer cette collection de pièces, car elles n'ont certainement pas survécu aux occasions pour lesquelles l'auteur les avait écrites, et le seul exemplaire qui ait échappé doit avoir été rassemblé par le poète lui-même, ainsi que le témoignent plusieurs corrections manuscrites anciennes qu'un auteur seul a pu prendre soin d'introduire dans son œuvre.

Ces factums, requêtes, plaidoyers, toujours en vers, ne manquent ni de verve ni d'esprit; ils durent avoir, auprès du tribunal et même dans le public, un succès analogue à celui qui accueillit un siècle et demi plus tard les mémoires de Beaumarchais.

L'ensemble de ces poésies processives, assaisonnées de sonnets élogieux aux magistrats, semble n'avoir eu pour objet qu'une même affaire envenimée par l'esprit de chicane, mais de bien mince importance, car il s'agit au fond d'un terme d'arrérages d'une rente de treize ou quatorze livres dont Robert Angot se plaint d'avoir été frustré. Le tout est salé et poivré d'allusions épigrammatiques et de satîres qui, tout en ayant perdu leur actualité, ne sont pourtant pas dépourvues de piquant. — On dirait les pièces justificatives des Plaideurs de Racine et on serait porté à soupçonner que, pour écrire sa comédie, le poète de Louis XIV n'a pas dédaigné de s'inspirer du poète bas-normand.

La comtesse de Pimbesche s'exclamant :

> Ordonné qu'il sera fait rapport à la cour
> Du foin que peut manger une poule en un jour...

n'est guère plus plaisante que Robert Angot poursuivant *unguibus et rostro* ses sept francs de première instance en appel. Et ce passage :

> Ayant comme en fureur repris mes treize livres
> Je juray qu'en dépit de leurs méchants arrêts
> J'engagerais plutôt et mon luth et mes livrés....

ne fait-il pas pendant à ce cri du cœur de Chica.-
neau :

J'y brûlerai mes livres !
Je...! Deux bottes de foin ! cinq à six mille livres !

C'est le même mouvement, la même ardeur de plaider ;
rien n'y manque.... même la rime !

Prosper BLANCHEMAIN.

Château de Longefont, 20 mai 1872.

BOVQVETZ POETIQVES,

OV

REMERCIMENT

A

MESSIEVRS DV PRESIDIAL

DE CAEN,

Sur la victoire d'vn Procez.

Par le Sieur de L'Eperonniere Angot
Avocat au Presidial de Caen.

Caussa iubet superos melior sperare secundos,
Quæ nisi iusta subest, excutit arma pudor.

M. DC. XXXII.

A MESSIEVRS DV SIEGE PRESIDIAL

Sur le gain d'vn procez.

SONET.

COurez, mes iuſtes vers, d'vne courſe admirable,
Pour annoncer l'honneur de ces diuins Eſprits,
Puiſque ſous leur pouuoir j'ay ces procez deſtruits
Qui chancroient mon repos ſous leur joug miſerable.

Leur Juſtice par tout ſe rend incomparable,
Les Sieges plus fameux leur deferent le prix,
De leurs juſtes Arreſts l'on moiſſonne des fruiɗs,
Dont le Public reſſent vn gouſt plus qu'admirable.

Profanes effrontez, demandez vous pourquoy ?
Pour ce qu'ils n'ont iamais bronché deſſous la foy
Qu'ils doiuent à l'honneur de leur charge ſacrée,

Charge, dont la ſplendeur qui nous donne le jour,
Et qui deſtruit l'erreur de ceſte aage ferrée,
Ne recognoiſt que Dieu, que le Roy, que la Cour.

AVTRE.

SI l'Enfer a conceu tant d'Eſprits dedans Vire
Pour m'affliger de biens, d'eſprit, d'ame & de corps,
Si pour reſſuſciter des breuets qui ſont morts
Leur ruſe inceſſament ſe vire & ſe revire ;

Si ie decouure à nud ce ſubtil coup de vire
Dont ils m'ont vlcéré ſous leurs ſanglans efforts,
Si dans vn Ocean d'erreurs & de diſcords
Ils ont troublé le cours de mon juſte Nauire ;

Messieurs, qu'eussé-je fait en cette extremité,
Si ie n'eusse eu recours à vostre authorité
Pour vaincre la fureur de mes fieres parties.

Dont l'effroyable éclat qui crouloit dessus moy
A du depuis trois ans mes Muses diuerties
D'offrir à vos autels l'honneur que ie vous doy ?

AVTRE.

Victoire, ïo Pœan, ïo Pœan, victoire,
Muses c'est à ce coup que nous sommes vainqueurs,
Nos vaincus deformais ne cerchent plus de cueurs
Que pour se prosterner aux pieds de nostre gloire.

Il ne faut plus parler que de rire & de boire,
Et noyer dans le vin l'excez de nos douleurs,
Fondons sur l'aduenir nos tranquilles humeurs,
Et de nos maux passez éteignon la memoire.

Vous, ô justes autheurs de mon heureux repos,
Puisqu'à present je suis plus libre & plus dispos,
Je veux sous la faueur de vos graces infuses,

Monstrer à nos Neveux par mes justes labeurs,
Q'autant que vos honneurs ont estimé les Muses,
Les Muses n'ont pas moins estimé vos honneurs.

Pour orner ces Bouquets sacrez à vostre gloire,
J'ay meslé mes Lauriers à ceux de Passerat,
Dont l'honneur succedant à la Muse d'Aurat,
D'vn fait tel que le mien r'emporta la victoire.

Οὐδεὶς στρατεύσας ἄδικα, σῶς ἦλθεν πάλιν :
Iniqua bellans bella, saluus haud redit.

FACTVM

POETIQVE.

Pour le Sieur de l'Eperonniere Angot.
A MESSIEVRS LES PRESIDENT ET
Conseillers du Siege presidial de Caen.

POVR faire voir qu'à tort vne vesue me plede,
Je dy qu'au premier point elle manque de foi,
Et bien que iustement contre elle ie procede,
Vire est tousiours pour elle & n'est iamais pour moi.

Le Juge est son cousin, le Greffier son beau frere,
Le Lieutenant son oncle & son fils Enquesteur,
Si Dieu ne m'eust aidé ie croy qu'en cet affaire
Je serois fait en herre ou bien fait en quéteur.

Messieurs, le fait est bref; appelant de sentence;
Ie di pour mes raisons que ie ne luy dois rien;
Nonobstant mon appel, elle eut bien l'impudence,
D'aller par attentat faire arrest sur mon bien.

Ainſi qu'au premier iour ſur ce point ie me treuve
Sans qu'il me fût beſoin de prendre vn Avocat,
Ie conclus aux dépens encontre cette veſve
Comme de fol arreſt commis par attentat.

E' bien que ſon couſin, m'adiugeant deliurance,
M'ait fruſtré des depens d'vne telle action,
Il fait encor bien pis, puis qu'il me fait deffenſe,
D'emporter mes deniers ſans bailler caution.

De Poëte que i'eſtois, il me fit vn Tantale,
Qui parmi ſa richeſſe eſt toûjours indigent,
Puis qu'il fallut qu'vn mois ie vécuſſe en Cigale
Qui ne vit que d'eſpoir, de chanſons, é de vent.

Ie releve en l'Aſſiſe où le Ciel qui m'inſpire
Me fît naître vn Soleil parmi ces Officiers
Qui diſſipant l'erreur du Viconte de Vire
Fît que ſans caution j'emporte mes deniers.

Il dit, au principal, qu'à la prochaine Aſſiſe
Il me ſeroit fait droit ſûr mes juſtes dépens,
Au lieu d'en ordonner le Iuge par ſurpriſe,
Nous appointe au Conſeil ſur tous nos différens.

Messieurs, quelle iniustice a t'on veu de plus grāde
D'appointer sur vn rien des procez au Conseil,
Puisque sans contredit cette iuste demande
Se pouvoit sur le champ vuider en vn clin d'œil.

Considerez, Messieurs, comme il se pourroit faire
Qu'on ioignît deux procez diuersement instruits,
L'vn est prest à vuider, l'autre tout au contraire
Ne consiste qu'en preuve, & ne gît qu'en écris.

Pour ioindre à cet appel la premiere sentence,
El' n'y peut paruenir sans prendre à tout le moins
Lettres de jonction sur vne vieille instance
Qui ne gît qu'en écris, qu'en acquits ou témoins.

Pour sortir de l'obscur de ces subtils Dedales,
Pleins d'erreur, pleins d'effroi, pleins de mauuais succez
Ce fut pourquoi i'obtins des brefues intervales
Pour auancer le cours d'vn si iuste procez.

Puis que pour ce seul point i'impettre cette lettre,
Le Iuge nous devoit iuger sur ce seul point,
Il ne devoit iamais vers Justice nous mettre,
Sur vn fait qui ne peut estre à l'autre conioint.

Bref, Meſſieurs, ie conclu qu'il faut que ma partie
Me rembourſe à bon droit des depens que i'ai faits
Puis qu'il n'eſt rien plus seur, que qui perd la partie
Doit payer les enjeux, les balles é les fraiȝ.

A MESDITS SIEVRS,

Sur la recommandation de la cauſe,

SONET.

ESPRITS, *de qui le Ciel entretient la prudence*
  Pour diſpoſer nos mœurs ſous le frein de vos loix,
C'eſt de vous que i'atten cette derniere voix
Qui de l'heur de mes iours me promet la naiſſance
  Du fruict de vos faueurs j'entretien ma conſtance
Contre les vains efforts de ces eſprits Virois
Qui d'horreur, de proceȝ, qui de ruſe & d'abbois
Ont aſsiegé le fort de ma triſte eſperance,
  Si ie n'ai mieux couché tous mes griefs par écrit
Excuſeȝ mille ſoins qui me rongent l'eſprit,
Comme chiens affameȝ qui deuorent vn lieure,
  Soins qui föt qu'au recit de mes premiers malheurs
Je reſſemble vn fieureux qui troublé de ſa fieure
Ne parle aux Medecins qu'au gré de ſes douleurs.

Phœbo duce & auſpice Phœbo.

FACTVM POETIQVE,

DE L'INSTANCE PRINCIPALE

DV SIEVR DE L'EPERONIERE ANGOT

CONTRE

SVSANNE HALBOVT ET MAISTRE

Thomas Debiev son Fils.

PUIS que diftinctement i'ay conclu fur
    l'inftance
    Où i'atten le guerdon de mes foutiens
    vaincueurs,
Il me refte eclarcir cefte ofcure fentence
Qui ne gift qu'au fuccez de vos iuftes faueurs.
  Sur cet heureux efpoir i'atten cette lumiere
Dont Vire iniuftement m'a rauy la clarté,
Lors qu'il voulut mefler cette inftance premiere
Avec l'autre incident, dont l'honeur i'emporté.

A.

Præstat ante-
vertere quàm
anteverti. l.
fin. cod. quib.
caufis integrū
non eſt nec.

Si ie n'euſſe preueu ce ſubtil coup de vire
Qu'il penſoit décocher ſur mes ſoutiens diuers,
Le plus ſeur medecin qui ſe treuue dans Vire
N'en euſt pas garenti les Muſes & les vers.

Or puis qu'il faut au fonds que ie vienne conclure,
Ie di que ma Partie a failli ſur ce point,
De ravaſſer encor ſur cette vieille lure
De touſiour demander ce qu'on ne lui doit point.

Ma Muſe en ce combat eſt tellement diſpoſe
D'empeſtrer cette Vefve en ſes aſſauts diuers,
Que tout ce qu'elle penſe oſcurcir par ſa proſe
Ma plume l'éclarcit au milieu de ces Vers.

Cela ſe void, Meſſieurs, lors que ſon fils m'agite
En Ianvier ſix cents trente, en toute extrémité,
Puis qu'au dernier de Mai le Iuge me rend quitte,
Et Montier reſaiſi d'vn Bœuf executté.

Or m'étant oppoſé ſur le fait que ie conte,
Vous notterez, Meſſieurs, que le meſme Debieu
M'aſſigne ſur le champ par devant le Vicōte
Sur l'oppoſition que ie forme en ce lieu.

Sa Mère donc, Meſſieurs, ou plus-toſt cette Vefve
N'ayant point intenté ce procez déreglé,
Leur tranſport tranſpoſé ne vaut pas vne féve,
Qu'en ſix cents vint & neuf ilz ont monopolé

Hoſtis hoſtē
ſequitur ſuū.

Pour montrer qu'il eſtoit mon vnique adverſaire,
Lors que hors de procez Buot fut envoyé,
Ie recuſe ce lieu, non pas contre la Mere
Mais bien contre le filz qui s'y rend dévoyé.

Car ſi lui tranſporta paravant cette ſomme,
Debleu ne pouvoit pas la pourſuivre en ſon nom,
Ni former vn proceʒ pour chancrer vn pauvre homme
Pour qui ie pris le fait au iour de l'action

Le vint-deuxiéme Mars le Iuge par ſentence
Ordone, exceptez ſix, que leurs autres parens
Conoiſtront du proceʒ dont il prit conoiſſance
Pour ſelon leurs avis iuger nos différens.

Faute d'en appeler ie me rendi complice
Des infinis travaus que i'ai depuis ſouffers,
Travaux, que ie compare à l'éternel ſupplice
Qu'Ixion & Syſiphe endurent aux Enfers.

Or ces Breuetʒ, Meſſieurs, ſont ainſi que deux livres
Qui ſont d'vn meſme auteur, mais tous deux differens,
L'vn regarde Buot pour quarante trois livres
L'autre touche Montier pour les cinquante francs.

Pour celui de Montier, c'eſt en vain qu'il l'exhibe
Feignant que ie m'en fers ſur le premier écot
Puis que ſon vif eſprit qui ſans ceſſe regibe
Montre & produit lui meſme vn acquit de Buot.

De quels meilleurs acquits peû-je faire appareſtre
Que ceux qu'elle a produis par la main d'un Greffier,
Et bien qu'elle en vouluſt le payement méconnoiſtre
I'offrois au paravant de le veriffier

Mais puis qu'il n'eſt plus tans de courir à ſa mode,
Sans lui faire payer les dépens du paſſé,
Vous permettrez, Meſſieurs, ſans changer de metode,
Que ie ſuive mon cours comme il eſt commencé

In claris non
op⁹ eſt conje-
cturis. l. con-
tin. 137. §.
cum ita ff. de
verb. oblig.

De clorre en ce procez deux Breuets qui sont quittes
Et dont i'eu deliurance avecques mes depens
Ne sont-ce pas Messieurs, des iniustes poursuittes,
Et qui merittent bien de iustes chastimens ?

Si le Greffier est creu, si le Iuge est capable
D'averer aux procez les iustes faits d'autrui,
Ce Greffier son cousin sera t' il point creable
De ce que la partie a signé comme lui ?

Or si Debieu blasmoit ce greffe incorruptible
Le Greffier à bon droit peut bien blasmer Debieu,
Puis que pour son suiet il fait tout son possible
Estant hoste & parent de son propre Neveu ?

« Nul à son propre fait ne doit estre contraire,
« Nul s'il n'est insensé ne se peut dementir,
« Ce qui plaist vne fois ne sçauroit plus déplaire,
« Trop tard apres le fait vient le tard repentir.

Cela se void, Messieurs, par acte que ie porte
Du vint quatre de Mai, qu'elle mesme a produit,
Acte, qui rend ma cause & si iuste & si forte
Qu'elle n'y peut iamais former de contredit

Or la Mere sçachant que j'avois cette attainte
Sur son filz que ie ren souz mon pouvoir reduit,
Elle entre en tel dépit, qu'elle se void contrainte
De pratiquer ce brouïl qui du depuis s'enfuit.

C'est pourquoi ie me ry des faveurs de ce Iuge
Qui mon premier Iugé par autre acte a changé,
Puisqu'au dernier de May cet argent il adiuge
A celle dont i'estois vers son fils déchargé.

D'avoir donc du depuis surpris cette sentence
Par la faveur qu'elle a d'vn Iuge sauory,
Cette vesve se rend, saouf toute reuerence
Aussi vesve de sens que vesve de Mary.

Car de deux choses l'vne, ou la partie aduerse
Deuoit de ma sentence appeler illicò,
Ou des l'heure acquiescer, sur cette controuerse
Qu'elle inuenta depuis devant le Iuge à quo.

Que si le primitif s'acquiert par preference
Son iugement dernier doit estre reietté,
Car le Iuge n'a peu, cassant ma deliurance,
Me recharger d'vn faix dont il m'a debaslé.

Bien qu'elle eust appelé de ma iuste decharge
Quel goust eust on treuvé sur vn appel si vain
Puisque son Procureur, qui pour elle se charge
De cet acte premier fut le propre écrivain.

Doncques par le moyen de cette obeyssance
Qu'eux mesmes ont signee en l'acte que i'en ay,
Cela suffit-il point contre l'insuffisance
De ce vain Iugement du dernier iour de May?

Produisant de Montier l'acquit & la promesse
Que ne clost elle icy la decharge à Buot?
C'est qu'en la confessant il faut qu'elle confesse
Qu'elle prepareroit des armes pour ANGOT.

Or l'exhibant moi-mesme au fort de ceste guerre,
Ie di, qu'en persistant à mes appeaux divers,
Puis qu'en ses propres fers cette vesve s'enferre
Cette vesve ne peut m'enferrer dans ses fers.

Nemo tenetur parare arma contra se. l. nimis graue. ff. de testib.

Concidit hæc mulier pondere victa suo.

Ce qui rend mes foutiens parfaictement delivres
C'eſt que i'ay du iour meſme vne acte delivré
Par le quel i'apparu d'acquit de ſeize livres
Pour la vente du bois qu'au deſſunt ie livré.

Eſtant ſigné du Bel du Greffier & du Iuge,
L'ayant pris par Dupplex ſans l'avoir conteſté,
M'eſt il beſoin, Meſſieurs, d'autre meilleur refuge
Que ce que la Partie a lui meſme atteſté?

D'avoir donc du depuis ma decharge adiugee
Caſſé ma delivrance & Buot rechargé,
Si iamais quelqu'erreur d'eut eſtre corrigée
Ce Iugement, Meſſieurs, doit eſtre corrigé.

Or penſant par ſa ruſe affranchir ma Partie,
Il l'empeſtre en ces retz qu'elle m'avoit tendus,
Lui ſouffrant le total de toutte la partie,
Sans deduire à l'inſtant vint ſols pour namps vendus.

De dire au mois de Iuin qu'elle en eſt repentante,
Et quelle veut deduire ou rendre ces vint ſculz,
Il falloit aux depens iuger la penitente
Puiſqu'en payant depens les Pledeurs ſont abſouz.

Or puis qu'avecques moi cette erreur elle accorde,
Son ſoutien a preſent ne peut avoir de lieu,
Car il ne faut qu'vn coup eſchappé ſous la corde
Pour perdre en vn moment la partie & le ieu.

De ce ſeul brouïl, Meſſieurs, tout ce mal'heur procede:
Si la Mere eut du filz ces Brevets par tranſport,
Le filz iniuſtement pour la Mere me plede,
Ou la Mere pour lui me plede donc à tort.

Vnde orta
culpa eſt, ibi
pœna côſiſtat
Liu. lib.28.

Diuerſitas
nominum di-
uerſitatem
conſtituit ef-
fectuum. Sic
ex lite vna ſê-
ſim lis altera
ſurgit.

Si donc elle entendoit s'aider de cette piece
Vertu de ce transport elle a deu m'agiter,
Sans se faire adiuger (quoique plede la Niece)
Cet argent que son filz esperoit emporter,

Et quand bien a present elle y seroit receuë
Son filz est condannable aux depens du passé,
Puisqu'estant souz son nom cette action conceuë
Il m'a dans ce procez sans suiet trauersé.

Or ce transport ressemble vne arbaleste ernee,
Dont le trét est sans vire & la vire sans trét
Car sa reconnoissance est d'vn Iuge signee
Parent, proche voisin, par consequent suspect.

Si les femmes iadis feirent mourir Orfee
Pour n'avoir pas flechi sous le ioug de leurs loix,
Celle-ci de mon bien feroit bientost trofee
Si ie n'avois recours en vostre iuste voix.

Ie croi que son esprit veut faire des miracles,
Comme Circe faisoit ressusciter les corps,
Puis qu'elle veut par art malgré tous mes obstacles
R'animer ces Brevetz sous la cendre des morts.

De taire donc, Messieurs, ces griefs que ie raconte,
Dont le moindre suffit pour casser tant d'abbus,
Seroi-ie pas plus dur que cet asne de fonte
Que fist braire Myron dans le Parc de Phebus?

De vouloir donc mesler ceste instance premiere
Auec l'autre incident qui tient son iuste rang,
Vire eust meslé l'oscur avecque la lumiere,
Le blanc dessur le noir & le noir sur le blanc.

Actio litis est
fundamentũ
qua sublata
omnis caufa-
rũ ftatus cor-
ruat necesse est.

Sufpectus
Iudex de iure
reprobatur. 1.
etiam. 2 &1.
parentes 5. c.
de legib.

Vous, ô divins Esprits, de ce temple d'Astree,
D'où i'implore la voix & de cueur & de foi
Arrachez de mon cueur cette vire aceree
Que Vire iniustement decocha contre moi.

AVX MVSES.

En faveur de Messieurs les President &
Conseillers du Siege Presidial de Caen.

SONET.

NYmfes, qui someillez sur les rives d'Ascrée,
Si Iamais i'eu besoin d'employer vostre effort,
Sauvez vostre Arion de l'iniure du sort
Et calmez de ces ventz la fureur coniurée.
   Ce Daufin qui cherit vostre lyre sacrée
Nous servira d'esquif pour surgir dans le port,
Et ces Astres bessons par leur iuste support,
Conduiront nostre espoir dans ce temple d'Astrée
   Tant qu'un Phare si iuste a mes vœux brillera,
Mon vaisseau vers le port seurement singlera
Et tout ainsi qu'Alcide extirpa les Harpiës,
   Cet Hercule vaincra sous sa puissante voix
Ces Pyrates, ces Lous, ces Corbeaux & ces Piës
Qui ravissent l'honeur des Muses & des Loix.

Phœbo duce & auspice Phœbo.

FACTVM POETIQVE

POVR

LE SIEVR DE L'EPERONIERE ANGOT
Inthimé En Appellation,

CONTRE

Iean du Pont Sieur de la Pierre, appelant de trois fen-
tences du Viconte de Caen ou fon Lieutenant des
7 iefme de Mars, 25. Iuing, & 20 Iuillet 1633 &
autres dénommez au Procez,

SI iamais quelque abbus fut digné de reprife,
Si quelque efprit iamais manqua d'ame & de foy,
Confiderez, Meffieurs, auec quelle furprife
Ces efprits dereglez procedent contre moy.

Le faict eft qu'heritant de fept livres de rente
Des le mois de Novembre en fix cent trente & un,
En Ianuier trente deux au Petit ie fay vente
Auec vn terme écheu, fans contredit aucun.

Petit en trente trois le Boucher execute,
Dupont prenant le fait, s'oppofe contre luy,
Mais difputant à tort, il confent fans difpute
L'arrerage é le cors, dont il eft pourfuivi.

Du pont, changeant d'auis changea la procedeure,
Bien que fon iufte cours vint de fon propre fait,
Et tirant de Pouchin vn acquit tout à l'heure,
Il veut rendre Petit d'vn pouchin fatisfait.

A

Cet acte ne vaut rien ; car nul n'eſt recevable
D'agir contre ſon fait, ſans eſtre relevé,
Faute de l'avoir fait, ſa faute eſt amendable,
Et ce qu'il feît de puis doit eſtre reprouué.

Dans ce nouveau combat, où le Petit l'apelle,
Angot ſoutient qu'à tort Du pont s'êt oppoſé,
Puis que ſur vn Pouchin il forme vne querelle
Où l'on voit que Pouchin n'eſt qu'un nom ſuppoſé.

Car ſi du pont n'eût point pratiqué la quitance,
Qu'il tira priuément de la main de Pouchin,
Eût-il auparauant ſigné c'eſte ſentence
Où luy meſme il s'oblige au Petit Sainct-martin ?

Et bien qu'en ſon iargon le Petit le dénomme,
S'enſuit il que Pouchin ſoit partie au procez ?
En vain vn ſot pledeur au procez ſe conſomme,
Qui ſans Adiournement s'y donne de l'accez.

Or ſi Du pont n'a rien que cette vaine clauſe,
Où paroît cet acquit dudepuis pratiqué,
Eût il pas contre Angot fait venir en la cauſe,
Pouchin qui contre Angot ne fut onc convoqué ?

Car ſi du premier choc de cette ardante guerre,
La Pierre eût ſait Pouchin au procez approcher,
Angot lâchant l'épron eût pris la méme pierre,
Pour étourdir Pouchin vis-avis du Boucher.

S'il ne fut donc iamais aſſigné ſur l'inſtance,
Ni iamais tant s'en faut ſur l'appel intimé,
Pour neant le Petit le nomme en ſa ſentence,
Sur laquelle Du pont ſon appel a formé.

Dont pour m'ôter Pouchin qu'en cet appel ie guette
Le Petit crie en vain, Petit, Petit, Petit,
Si l'huiſſier ne le frappe auecque ſa baguette,
Ils peuvent bien ailleurs chercher leur appetit.

Ce ſeul point le détruit. Puis qu'auec les parties
Dupont s'èt au total du payement obligé,
Que luy ſervent, Meſſieurs, ſes vaines reparties
Pour empécher qu'Angot ne ſoit pas déchargé?

Ce fut pour quoy le Iuge adiuge l'arrerage
Au Petit ſur Dupont auecques ſes dépens,
Et bien qu'Angot merite vn pareil avantage,
Angot cede ſes fraiz & les laiſſe en ſuſpens.

Cela ſe voit, Meſſieurs, par ſentence dattée
Du vingt cinquième Iuin mil ſix cents trente trois,
Et ſi iamais à tort ſentence ét diſputée,
Du pont diſpute à tort pour la ſeconde fois.

Vertu de ce Iugé le Petit recommence
Sur la Pierre Du pont qui plus dur qu'vn Rocher,
Eſt condanné payer par troiſième ſentence
Les ſept francs au Petit en l'acquit de Boucher.

Tout cela n'y fait rien. Au lieu de ſatisfaire
Au Petit, qui iamais n'ét ſatisfait de luy,
Du Pont formant appel fait tout ce que peut faire
Le plus digne pledeur qui paroiſſe auiour d'huy.

Quelle erreur fait, Meſſieurs, ce Iuge qui l'évince,
Pour n'avoir au Petit iuſtement ſatisfait?
Car ſi iamais appel fut bien maigre & bien mince,
C'ét celuy qu'on pourſuit contre ſon propre fait.

Or puis qu'en ce procez leur sujet ét si maigre,
Qu'ils vont sur ce Pouchin disposant leur banquet,
Falloit-il vn Boucher pour le mettre au vinaigre
Comme s'il méritoit quelque exquis saupiquet ?

Fondant sur ce Pouchin leur chetive deffense,
Il vous plaira, Messieurs, avoir ce iuste egard
Qu'ayant ravi mon grain ma rente & ma sustance,
N'étce pas la raison que i'en mange ma part ?

N'ayant donc sur l'appel rendu la cause entiere,
C'ét vne nullité qu'on ne peut disputer,
Et qui fait que l'object de sa triste matiere,
Non plus qu'au principal ne sçauroit subsister.

Parler donc de Pouchin dans ce fatal encombre,
Et qui pour m'infecter dans cet œuf fut couvé,
I'imiterois ce chien qui suivit vn vain ombre,
Pour vn meilleur morceau dont il se veid privé.

Car comme en ce procez Pouchin n'ét qu'vne idée,
Petit n'a peu qu'en l'air contrefaire sa voix,
Semblable à l'oyseleur qui d'vne voix sardée
Feint le chant des oyseaux qui s'absentent des bois.

Si quelque oyseau parut ce fut donc une Pië,
Qui dans ce brouïl confus eut l'esprit étourdi,
Ou si Pouchin parut il avoit la pepië,
Car iamais de Pouchin la voix ie n'entendi.

Aussi Dupont n'eut peu se donner la licence
De payer ce Pouchin dont il fait son appuy,
Depuis que le Petit au Boucher seit deffense
De payer son transport à nul autre qu'à luy.

Puis qu'au mois de Nouembre il étoit hors de charge,
Et qu'en ce meme inſtant ie deuins heritier,
Dupont ſur ſon acquit fonde en vain ſa decharge
Qu'il pratiqua depuis au mois de Febvrier.

Car puis qu'il conſentit la ſentence premiere,
Où luy meme au payment s'et librement ſumis,
Croit-il que cet acquit luy ſerve de lumiere
Pour le conduire au brouïl que luy meme a commis ?

S'il parut, comme nom, ſans exploiƈ ni ſemonce
D'huiſsier ou de ſergent qui me l'ayt arreſté,
Suis-je tenu, Meſſieurs, de luy donner reponſe,
Iuſques à ce qu'il ait contre moy conteſté ?

D'inventer pour ſept francs trois ou quatre ſentences,
Ces trois ou quatre eſprits ſont uoir qu'ilz vont d'vn pié.
Si Dupont ſur Pouchin eût fait ſa diligence,
I'aurois tout â l'inſtant Pouchin eſtropié.

Auſsi n'euſſe ie pas tiſſu tant de langages,
Si ce n'et pour complaire à vous, Diuins eſprits,
Qui me faiſant l'honneur d'agreer mes ouvrages,
Honorez mes Factums d'vn iuſte & digne prix.

Les Poulles, les Pouchins, les oyſons & les canes
N'exercent qu'aux ſumiers leur caquet & leurs voix,
Les muſes au rebours, ſe couurent de ſutanes,
Et n'exercent leurs luts qu'à la ſuitte des Roys.

Si donc de ſon épron ma plume en tant d'allarmes,
Pique au vif ce Pouchin qui men pourra blamer ?
Puiſque ſur ſon neant Du pont forge les armes,
Qui de mon iuste droiƈ me penſoient deſarmer.

A MESSIEVRS DV SIEGE PRESIDIAL
DE CAEN.

En faueur de ma cauſe.

SONET.

S Vr la mer d'vn proceʒ mon attente ét reduitte,
Qui n'aſpire qu'au port de vos rares faveurs,
Pour garantir ma nef de tant d'âpres fureurs,
Que Du pont me ſuggere en ma ſimple pour ſuitte.

Au Parthe cauteleux ie compare ſa ſuite,
Puiſqu'il frappe en fuyant ſes iuſtes crèditeurs,
Sur vn frivol appel chancré de mille erreurs,
Dont la fourbe ſe rend viſiblement détruite.

Bien qu'vn fatal Eſprit s'anime contre moy,
Ie ne craindré iamais que mon iuſte pourvoy
Fuiſſe faire naufrage au port de votre gloire.

Puiſque Dieu preſidant ſur votre autorité,
Ne permettra iamais le prix de la Victoire,
Qu'à celuy qui l'aura iuſtement merité.

L'EPERONIERE ANGOT.

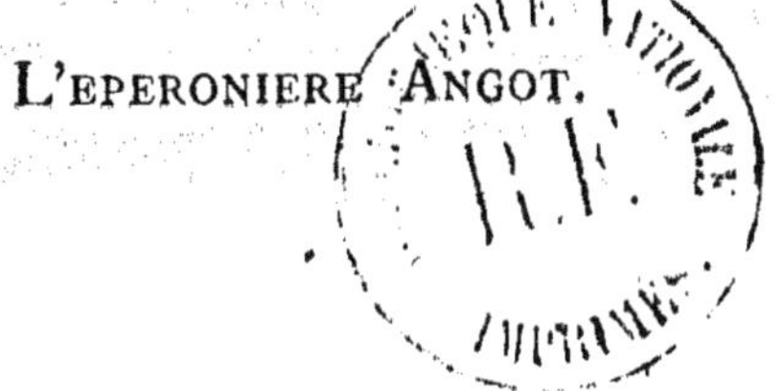

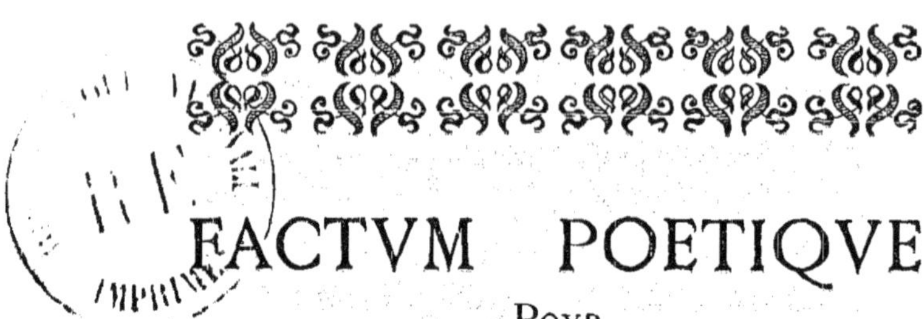

FACTVM POETIQVE

Povr

Le Sievr de L'Eperoniere Angot
Appellant du Bailly de Caen ou ſon Lieutenant
au Siege de Vire.

CONTRE

Iulian Hubert ſe diſant Archer, Iean & Iacques
Le Bonnois, inthimez audit appel.

LE ſerpent qui dans ſoy ſe vire & ſe reuire
Ne void iamais la fin de ſon commencement,
Tel eſt le vain vſage & la forme de Vire,
Qui d'vn ſimple procez en forme plus de cent.

Meſſieurs, qui veid iamais choſes plus monſtrueuſes
Que de perdre en procez vn homme à ſon deſceu,
Lorſque deux chicaneurs par ſentences fraudeuſes
Le priuent de ſon bien dont il ſe void deceu ?

M'addreſſant au Bonnois qui joüit de ma ferme,
En faueur de toucher mon fermage de luy,
Plus ferme qu'vn rocher ce fermier l'huis me ferme,
Et dit que mon argent eſt en la main d'autruy.

En Auril trente & un, comme je l'exécute,
Il dit que des Janvier il l'avoit consigné,
Vertu de quoi, Messieurs ? vertu d'acte si juste,
Que le Greffier se deult de ce qu'il l'a signé.

Or si iamais fermier sut ferme en sa malice,
Jamais fermier ne sut plus ferme que le mien,
Puis qu'auecques Hubert il s'est rendu complice
D'vn tas d'esprits chancreux qui jappent sur mon bien.

Mais la Muse est si forte en sa juste deffence
Que si la Terre estoit sans Justice & sans Loix,
Jupiter dont sa gloire emprunte sa naissance,
Prendroit sa cause en main pour vaincre leurs abbois.

D'vn tel confinement j'appelle en Bailliage
Où j'inthime Hubert & vay l'interpellant
De dire s'il requît confiner mon fermage,
Vertu d'vn jugement dont j'estois appellant.

Hubert répond que non; toutes fois il me cede
D'auoir depuis l'appel mes deniers arresté :
Pour le confinement d'où ce procez procede,
Que ce fut le Bonnois qui l'auoit souhaitté.

Dans leurs soutiens diuers vous verrez (que j'estime)
Qu'ils sont dignes tous deux d'vn mesme châtiment,
Qu'Hubert en son arrest se void illegitime
Et le Bonnois aueugle en son nantissement.

Car ayant appellé d'vne abuſiue taxe,
Vertu de quoi Hubert agita mes fermiers,
Quand il ſeroit Archer chez le Prince de Saxe,
Peut-il malgré l'appel arreſter mes deniers?

Si malgré les appeaux tels arreſts ſont licites,
Le Siege ſeroit nul, & le Seau ſeroit vain,
Et ceux qui par appel ſont cent juſtes pourſuittes
Mourroient dans leurs appeaux de procez & de faim.

Or Hubert qui d'Archer & de Sieur prend le titre
Dans l'ordre plus chetif des ruſtiques Virois,
Permettez qu'en paſſant ma Muſe le chapitre
Pour luy rendre en ces vers des féves pour des pois.

L'effroy loge en ſes yeux, dans ſon cœur la diſcorde,
Son feutre eſt chaque mois teint, reteint, dégraiſsé,
Son mantelet criblé n'a plus rien que la corde,
Et ſon vieil palletot eſt partout rappiecé.

Ses gregues ſont de bure ou de fine telée,
Auec le brodequin d'vn lizet attaché,
D'vn vieil épr'on roüillé ſa galloche eſt ſanglée,
Et ſon corps eſt baſty comm'vn naueau fourché.

Pledant de toutes parts quelque part qu'il chemine,
Son gros ſac de procez de paſſe port luy ſert,
Sans craindre que Donfront le condamne à la mine,
Pource que ſon minois de ſa barbe eſt couuert.

Jamais Grengues, Valtot, Moulineaux, Toutainville
Ne veirent ſur ſon ſac les voleurs attenter ;
Nul ne peut ſans procez le treuver dans la ville,
Ny le voir dans les chams que pour les intenter.

Pour le fermier, Meſsieurs, il fait encor bien pire,
Car au lieu de garder les treize francs chez ſoy,
Il les va confinant dans vn Greffe de Vire,
Sans aveu, ſans avis de Hubert ni de moy.

S'il les euſt retenus ſans cercher ces bricolles,
Que luy-meſme inuenta pour chancrer mes deniers,
J'euſſe gaigné, Meſsieurs, plus de trente piſtolles
Qu'ils m'ont fait conſommer depuis trois ans entiers.

Car pour me garentir d'vne peine plus grande,
Il fallut qu'à la fin je ſuſſe r'integré,
Et bailler caution ſuivant ma r'integrande,
Par auant que l'argent m'euſt eſté deliuré.

Ayant comme en fureur repris mes treize liures,
Je juray qu'en dépit de leurs méchans arreſts,
J'engagerois pluſtost & mon Lut & mes Liures
Qu'ils ne m'euſſent tous deux rembourſé de mes frais.

Recognoiſſans auſsi la faute qu'ils ont faite
Et le juſte dépit que j'ay dedans le cœur,
Dieu permet qu'à preſent l'vn ſur l'autre ſe jette,
Et qu'en fin tous les deux s'imputent cette erreur.

Hubert dit qu'attendant que l'appel prît ſortie
Il avoit ſans mentir cet arreſt pratiqué,
Mais que pour le ſequeſtre, où je me ren partie
Ce furent mes fermiers qui l'avoient fabriqué.

Le fermier déniant dit par aſte qu'il porte,
Qu'inſtance de Hubert au Greffe il l'avoit mis ;
Hubert dit que le ſien, baſty d'vne autre ſorte,
Veut que durant l'appel ils demeurent ſaisis.

Eſtans l'vn contre l'autre armeʒ d'aſtes contraires,
Au lieu de nous vuider ſur mon juſte ſoutien,
Il fut dit que Hubert, dans les Pleds ordinaires,
Exhiberoit ſon aſte & le Bonnois le ſien.

Bien qu'vn tel procedé ne fuſt qu'vn artifice
Pour enerver le ſuc de mon premier Relief,
J'eſpere en ſubiſſant cet aſte d'iniuſtice,
Conſolider mes griefs de ce nouveau grief.

Car quel beſoin, Meſſieurs, eſtoit-il de remettre
La fin de ce proceʒ dont j'atten le ſucceʒ ?
Deuoit-il point, caſſant l'arreſt & le ſequeſtre,
Les condamner tous deux aux depens du proceʒ ?

Retournant donc à Vire, où ce ſeu ſe r'allume,
A peine ſuis-je entré parmy ces beaux eſprits,
Que j'entr'auiſe vn Clerc qui tranchoit vne plume
Pour brocher vn deffaut dont ils m'auoient ſurpris.

Vaincu d'impatience à l'inſtant ie m'écrie,
Comme vn eſprit confus qui s'eueille en ſurſaut,
Hé quoy? dy-je, Monſieur, ſouffrez vous je vous prie
Qu'eſtant icy preſent l'on me couche en deffaut?

Et vous, mon Procureur, fondé ſur cet affaire,
Pourquoy ne parlez-vous lorſqu'on parle de moy ?
Monſieur, que voulez-vous ; le Juge en ſa colere,
Lors que j'ouvre le bec me fait taire tout coy.

Comme ſur ce deffaut le Juge ſe retracte,
Combattant deux esprits qui tous deux ont erré,
Tandis que chacun d'eux ſe fonde ſur ſon acte,
Je dy qu'à tort ils ont mon argent ſequeſtré.

Perſiſtant contr'Hubert, qu'ayant au preiudice
De l'appel que j'exhibe arreſté mon argent,
Il ne peut s'exanter des frais que ſa malice
M'a voulu ſuggerer depuis cet incident.

Pour ce fermier, Meſſieurs, que Hubert deſavouë
Il eſt pis qu'vn brochet qui dépeuple vn eſtang,
Ou qu'un chat deffectif qui ſon maiſtre amadouë
Et qui traitreuſement le griffe juſqu'au ſang.

Car s'il n'euſt point trempé dans cette procedeure
Il deuoit m'appeller ſur ces fruſtres arreſts,
Prenant le fait pour luy j'euſſe fait tout à l'heure
Condamner l'arreſtant en tous mes intereſts.

Mais eſtans joints tous deux en la meſme ſentence
Vertu de quoi Hubert mon denier arreſta,
L'on ne doit s'étonner ſi, durant mon abſence,
Ce fermier cauteleux mon denier ſequeſtra.

Et bien qu'en tant de points ma cauſe fuſt ſans doute,
Et qu'ils ſoient juſtement obligez à mes frais,
Le Juge iniuſtement tout à fait m'en deboutte,
Et nous met hors de Cour ſans aucuns intereſts.

De ſouffrir cet abus je ſerois impaſſible,
Parmy tant de trauail, tant d'aſſauts & d'effrois,
Et ſi j'eſtois muet mon ſac, bien qu'inſenſible,
Imploreroit voſtre aide au deffaut de ma voix.

Que deuiendroient, Meſsieurs, plus de trente veages
Que i'ay de Vire à Caen jour & nuit conſommez ?
Que deuiendroient encor tant de juſtes ouvrages
Qu'à vos ſacrez Autels ma Muſe a conſacrez ?

Treize liures, Meſsieurs, deſquels j'eu deliurance
Me couſteroient bien cher parmy tant de trauaux,
Si ie n'en eſperois la juſte recompenſe,
Sur ceux qui ſans ſujet m'ont cauſé tant de maux.

Meſſieurs, c'eſt le ſujet de ma triſte complainte,
Qui me fait eſperer que vos juſtes faueurs,
Diſſipant les broüillas de ces rudes attaintes,
Corrigeront en bref ces viſibles erreurs.

A MESSIEVRS DV SIEGE

PRESIDIAL A CAEN,

SONET,

ARRESTER *mes deniers vertu d'vne fentence,*
Dont j'auoy parauant appel interjetté,
Configner (qui pis eft) ce denier arrefté,
Sans que jamais, Mefsieurs, j'en euffe cognoiffance,

Coupper, rauir mon Bois par force & violence
Faire de mon Parnaffe vn lieu tout deferté,
Colluder auec ceux dont ie fuis agité,
Et d'vn rufé fermier fupporter l'infolence,

Souffrir pour fon fujet cent procez dans vn lieu,
Où iamais qu'en jurant l'on ne parle de Dieu,
Voir fous leurs libertez ma liberté contrainte,

Nourrir vn chancre affreux fur mon bien paternel,
Pourriez-vous bien, Mefsieurs, confiderer ma plainte
Sans juger à bon droit les fins de mon appel ?

Phæbo duce, & aufpice Phæbo,

Plédoyé des Muses

OV

FACTVM POETIQVE

POVR

Robert Angot fieur de l'Eperonniere, Advocat
au Siege Prefidial de Caen,

CONTRE

Maître Auguftin le Petit, dit S. Martin.

Confilio, calamis, & linguâ pugnaturus,

*SI nôtre inftinct depend du caprice des Astres
Qui caufent aux mortels leurs diuers accidens,
Heureux qui peut fouffrir conftamment les defaftres
Que le fort luy fuggere en dépit defes dents.*

*Or fi le fort voulut qu'en procés je naquiffe,
Paravant qu'en fes fers je me veiffe enchaîné,
C'étoit force, Mefsieurs, qu'en procés je véquiffe,
Puis qu'en ce trifle afpect je fu predeftiné.*

*Tout ce qui me confole en ce maudit efclandre,
Jamais en ce combat aucun je n'attaqué,
D'y perdre tout mon bien faute de le deffendre,
Je ferois comm'vn fol des plus fages môqué.*

Omnes mortales fato fub-
jiciuntur, & initio & muta-
tioni. πάντες οἱ ἄνθρωποι
εἱμαρμένῃ ὑπόκεινται, καὶ
γενέσει καὶ μεταβολῇ.
Mercur. Trifm. cap. 12
pœm.

Fata quæcumque affe-
runt toleranda funt, vt
miffa divûm numina. *Eu-
rip. Phæniff. traged.*

Qui nõ deffendit nec
obeft fi poteft injuriæ,
ille quidem tam eft in
vitio quam fi parentes aut
patriam deferat. Itaque fi
quis res tuas, aut jus ra-
puit, cape arma. *Plin. 22.
natur. hift. cap. 11.*

A

Je pourrois m'égaller au malheureux Prince,
Reduit sous la rigueur des Stymphalides sœurs,
Lorsqu'Alcide sauua son ame infortunée
Du funeste accident qui causoit ses langueurs.

Les vices en ce tans ne semblent plus étranges,
La vertu n'est plus rien, l'hŏneur est sans accez,
Les Muses qui souloient parler comme les Anges
Ne parlent maintenant qu'en termes de procez.

Puis que suiuant les Loix le public se gouuerne,
Puisque sur la Justice il fonde ses appuis,
Souffrez qu'à vos Autels ma plainte se prosterne
Pour implorer vôtre aide au besoin où je suis.

Il agît en ce fait de sept liures de rente
Dont la mort de ma sœur me fait vivre heritier,
Le Petit dont la mere êt du Juge parente,
Pour le deu de mon frere arrête mon denier.

Si le mauvais principe êt de mauuaise issuë,
Si la fin au projet doit former son succez.
Ayant mobilement son action tissuë,
Il faut réellement qu'il perde son procez.

Ce peu d'argent restant d'vne pareille somme
Que ie luy transporté sur le sieur le Boucher,
En vain pour l'vsurper le Petit se consomme
S'il croit hors le transport l'autre moitié toucher.

Marginal notes:

Virginei volucrum vultus, fœdissima ventris Proluvies, vncæq; manus & pallida semper Ora fame. *Virg. lib. 6. Æneid.*

Sub clypeo legis cuiusvis. jus tegitur. *Paulus Prætor stipull.*

Malum principium malus finis sequitur. *l. vniuersi : C. qui dare tutor, vel curator. l. quæst. c. princ.*

Patria jus accrescendi locum non habere. *l. si mihi & Titio stip.*

S'il dit que cette part appartient à mon frere,
(Ce qui iamais ne fut & iamais ne fera)
Il faudroit qu'il reprit vn chemin tout contraire
A ce confus dedale où l'erreur l'égara.

Puis que fuiuant l'exploit le Juge fe conforme,
Pour regler cette Loy qui le choque en Latin,
Il faut que Saint Martin fur ce poinct fe reforme
Ou que ce poinct fe regle aux loix de Saint Martin.

Comme les actions doivent être diftinctes,
On les doit fuiure à part, fuivant leur divers but,
Les regles fur ce poinct font tellement fuccinctes
Que qui les veut confondre êt digne de rebut.

Si le Juge ne peut exceder les limites
Du fujet que l'acteur pourfuit en Jugement,
Le Petit ne devoit confondre fes pourfuittes :
« Chaque exploit fuit fon ordre é fon propre élement.

D'exceder mon tranfport par fa vaine fentence
Du feptiéme de Mars mil fix cent trente-trois,
Péchant fur vn feul poinct il peut par confequence
Aufsi bien que ma rente vfurper mille droits.

Si le Petit n'étoit le coufin du Viconte,
Son Lieutenant, Mefsieurs, n'eût pas fi mal jugé,
Ni fuivi cette erreur dont ie fai peu de conte,
Puis qu'il doit être vn iour fur l'appel corrigé.

Quæ de novo emergunt, noua côfilia poftulant, l. de ætate §. in caufa de inter. actus.

Si fententia debet effe libello conformis côfentaneũ eft, vi paruulus nofter aut neceffitati legum concedat, aut leges paruuli regulis fe componant, l. vt fund. ff. comm. jur. divid.

Ἐστὶν δ' οὐδὲν οὕτως οὔτ' εὔχρηστον οὔτε καλὸν ἀνθρώποις, ὡς ἡ τάξις. nil tam ytile reb. quam Ordo. *Xenoph.* œconom.

Vltra id quod in judicium deductum eft excedere poteftas judicis non poteft, nam & litium ordo feruandus eft. l. quoties.

Quicquid principali adjicitur fruftrà adjicitur. Nec pendente lite quicquam innovari debet ff de vfu & qui folo ff de hæred. iuft. Qui autem peccat in vno omnium factus eft reus. l. ac. 2. c. de fluat. extr. de reg. iur.

Imo favorem caufæ, reorum favori præualere. c. ex literis de probat. c. fin. de re iud. l. inter ff. eo.

Subſtitutionem traſlati-
vam directo fieri nõ poſſe :
§. fin. inſtit. de pup. ſub-
ſtit. Nam ſui & hæredis
exiſtentia nũquam ad alie-
num cõmodum operatur.
I. 1. ea fin. vt i.1 poſſeſſ.
legato.

Καὶ τὰ πάτρια ἔθη παρ-
ρὰ πᾶσι παραβαίνειν ἀδι-
κόν ἐστι. Patrias conſue-
tudines migrare, aut vio-
lare, ybique gentiũ nefa-
rium habetur. *Ariſt Rhe-
tor. ad Alix.* poſitas ſemel
leges conſtanter ſeruate,
nec vllam earũ immutate.

Si actio mobile continet,
& pro mobili proponitur,
ſi immobile contineat &
pro immobili proponatur,
cenſebitur immobilis.
Les rentes conſtituées à
prix d'argent & l'vſufruit
qui en provient ſont ré-
putées immeubles. Art.
de coût. 5o3 & 5o7 pignus
autem refertur ad res im-
mobiles I plebs ff. de verb.
ſignif.

Si le Petit, Meſsieurs, n'êt point fils de mon pere,
Si iamais il ne fut le frere de ma ſœur,
Je di qu'il ne faut pas que iamais il eſpere
Heriter de ſon dot dont ie ſuis ſucceſſeur.

Si dõques ſur mon frere il pretĕd quelqu'attainte,
Peut-il directement s'adreſſer ſur mon bien?
Doit il point par decret é non point par contrainte
Sur le fonds de la rente attacher ſon ſoutien ?

Lui qui ſur ma conſtance entretient ſon enclume,
S'il liſoit la Coutume où ie ſuis coutumier,
L'Article ſix cents ſept de la même Coutume
Lui ſeroit voir l'erreur de ſon exploit premier.

D'auoir mobilement la rente executée,
C'êt contre la teneur des Arrêts de la Cour,
Qui veut que chaque inſtance en ſon lieu ſoit traittée
A l'inſtant que l'acteur la pretend mettre au iour.

« Chaque exploit a ſon but; ſi c'êt pour heritage
L'acteur réellement doit ſuivre l'action;
Si la choſe êt mobile, on doit ſur ſon vſage
Proceder ſur les fins de la tranſaction.

Si les rentes, Meſsieurs, ſont immeubles cenſées,
L'immeuble ne ſe peut ſaiſir que par decret,
Ayant ſes actions autrement commencées,
S'il auoit lu Beraut il ne l'eût iamais fait.

E' quand bien, côme non, ce poinct seroit passable,
Je croy qu'avec dépens il sera corrigé,
Puis que tous ses exploits sont fondez sur le sable,
Pour n'auoir été faits à son propre obligé.

Ayant donc mal fondé cette aveugle entreprise,
Quel fruit peut-il goûter d'vn si chetif procez,
Tout principe mauvais ét digne de reprise,
E' ne peut engendrer qu'vn semblable progrez.

D'assigner vn absent dans vn feint domicile
Que iamais dedans Caen mon frere ne s'élut,
Cet exploit étant nul sa cause ét imbecile
E' ne peut sur l'appel trouver lieu de salut.

Si telles actions engendroient des Sentences,
L'acteur seroit bien fort sur l'absence d'autruy,
L'acteur comme il luy plaît agit sur ses instances
E' l'absent ne sçauroit contester contre luy.

Si l'exploit du Petit ne contient que la rente
Des sept francs qu'il obtint sur le sieur le Boucher,
Peut-il sans action par sa fraude apparente
Engloutir le surplus que ie devois toucher?

Or le sujet pourquoy le total ie possede
C'ét dautant qu'à ma sœur ie la feis par mon lot,
La loi veut qu'à bon droit tout seul ie lui succede
Puis que par son trépas ie succede à son dot.

Lité iniuste qui movit ad expēsas tenetur. I properandum § sine autem. *C. de Iudic.*

Γλυκὺ ἐν ἀνθρώπῳ τέλος ἀρχήτε δαίμονος ὀρνύντος αὔξεται, Iucundus hominibus exitus principiumque Deo impellēte crescit. Citationis deffectus dicitur juris naturalis deffectus & de substantia actus, dummodo legitimè obtētus fuerit : nec etenim quisquam sine actione experitur actio autem absente aduersario facta non valet.

Actor vel præsēs agit quando vult, sed reus non. *C. de delat l. 1. quando.*

Hæres absens ibi deffendendus est ubi defunctus, & conueniendus 1 : Hæres absens ff vbi quis ager.

Qui in uno prægravātur, æquum est in alio relevari I secundum naturam, *de reg. Iur.* Et qui fert onus commodū ferre debet.

Bonæ fidei poſſeſſor façit fructus ſuos. i. bonæ fidei emptor.

Hominum avaritia vel arrogantia, modis omnibus opprimi debet. l. vni c. de priva. cor.

Καὶ τοῖς ἐφιεμένοις περὶ πολιτικῆς εἰδέναι προσδεῖν ἔδωκεν ἐμπειρίας. Et quisquis in re civil. intelligens haberi volet, opus eſt ei experientia. apud Lips. l. polit. cap. 8.

Quanto quis præeſt melioribus & honeſtioribus, tanto ipſe melior & honeſtior videri debet. § 11. authent. de. deffend. civit. col. 3.

Forenſem ſine legib. turbam eſſe corpus ſine ſpiritu. Nam vt remiges ſine gubernatore ſic cauſſidici ſine experientia nullius prætij judicantur. Curt. lib. 10.

Iis qui in dignitate poſiti ſunt turpius fraude honeſta circũvenire aut lædere quā vi aperta. Thucyd. lib. 4.

E quand bien il voudroit conteſter ce paſſage
Je di, ſans m'arrêter à choquer ſes ſoutiens,
Que ſi l'ainé ne gage, à ſon puiſné partage,
L'ainé par precipù fait toujours les fruits ſiens.

Bien que tãt de raiſons ne ſoiĕt que trop ſublimes
Pour détruire l'arrêt qu'il feît ſur mes deniers,
Je le vai ſurcharger de coûs ſi legitimes
Qu'il ne peut diſputer le prix de mes lauriers.

Que plût à Dieu, Meſſieurs, qu'il fut Juriſcöſulte
Ou qu'il fût de ſa charge à bon droit déchargé,
S'il ne ſçait mieux regler le ſtyle qui reſulte
De ce publique office où le ſort l'a rangé.

Tant plus qu'vn Officier ſur les autres excelle,
Soit de biens, ſoit de mœurs, ou ſoit de qualité,
Sa vertu doit parêtre & plus juſte & plus belle,
Pour regler le public par ſa vive clarté.

Les Avocats ſans loix font nochers ſans pilotes,
Des cors manqués d'eſprit, des gĕs-d'armes ſãs chefs,
E' qui ſous les appas de leurs vaines callottes
Cauſent dãs les barreaus cent vergoigneux méchefs.

Lui qui va poſſedant cette charge excellente
Eſt-ce honorer, Meſsieurs, l'hŏneur de ſon état,
Que d'auoir par cautelle attenté ſur ma rente
Dont ie ne ſeîs iamais ni tranſport ni contract?

Que si d'vn seul trãsport ce procés prit sa forme,
Quel droit eut le Petit d'vsurper le surplus?
S'il faut que la Sentence à l'exploit soit conforme
Ce qu'on juge autrement est iugé superflus.

D'auoir donc entrepris sur les autres sept liures
Où ie me reserué par mon simple transport,
S'il auoit leu d'Imbert la pratique é les livres
Le Petit ne m'eût pas pratiqué ce décord.

Qui veut le chãp d'autruy joindre à sa propre terre
Qui veut par injustice ajuster son dessein
L'enfant le captiver luy-mêmes il s'enferre,
Car Dieu deffend surtout d'oppresser son prochain.

Quand le Iuge apperçeut qu'à l'instãce premiere
Le Petit vouloit joindre vn contraire incident,
Il devoit separer l'vne & l'autre matiere
E' sur vn seul transport rendre vn seul jugement.

Lors que sur le Boucher il obtint delivrance
De sept francs contenus dans mon juste contraĉt
Pût-il impudemment enfler cette Sentence
Du surplus qu'il pretend rauir par attentat?

Si donc en cette erreur qui rend sa cause morte
Les deffauts qu'il surprît se doivent retraĉter,
Par quel moyen, Messieurs, la Sentence qu'il porte,
Du septiême de Mars peut elle subsister?

Dispositio exorbitãs non debet extendi vltra casum specialiter pactis expressum. l. si seruum. §. non dicit prætor, *de acquir, hæred. constitutionibus ad municipal.*

Causæ continentia diuidi non debet nec vltra extendi. l. nulli de judic. c. fin. de rescript. limitata autem causa limitatum parit effectum. l. in agris de acq. rer. domin.

Non est rationabile nolentibus dominis, nos in alienis agris aucupari. πάντ' ἄνδρ' ἀποσκολύπτειν ἁρπακτικώτεροι τῶν γαλῶν felibus rapaciores omnẽ hominẽ decoriunt, prædam in sinum suum conferunt. *Lampr. Comm.*

Vbi militat eadem ratio ius statui debet, in l. illud. ad. l. Aquil.

Quælibet autem facti varietas jus reformat.

Actus individuus unico contextu perfici debet. l. hæredes palam. § *fin. de test. l. 1 & l. continuus in princip. de stipul.*

Actus peccans in forma redditur nullus & retractari debet, *l. cum hi § si pretor. de transact.*

Civile eſt domiciliũ per interpretationem, veluti officiarij & beneficiarij, in loco officij & beneficij, l. 2 c. vbi ſenatores.

Le domicile en droiƌ ſur deux poinƌs ſe decide,
L'vn ét jugé ciuil & l'autre naturel,
L'vn ſe dit naturel où la femme reſide
E l'autre qu'on élit civil é temporel.

Fieri debet interpellatio aut perſonaliter aut ſaltẽ in domicilio, vbi majorẽ partẽ anni habitauit. *Boet. deciſ. 11 & 13.*

Quand l'obligé s'abſente & change de Province
Sans avoir aucun droiƌ de domicile éleu
L'aƌeur doit paravant que le Iuge l'évince,
L'interpeller à baon par le Sergent du lieu.

Nemo ſinc aƌione experitur. *l. quoties tutor item.*

Les aƌions ſans droiƌ n'ont point de ſubſiſtence,
L'exploiƌ forme l'inſtance en la main du Prœteur,
Nul ne peut ſans exploiƌ ſouffrir nulle Sentence
S'il n'êt expreſſement compellé de l'aƌeur.

Dolus graviorem exigit pœnã quam culpa. *l. Iul in princ. Tunc ſi iſta lis cum per vend.*

Ayant à mon deçeu cette clauſe gliſſée
Dont il pretend râcler cette autre part à ſoi,
Ie di qu'elle doit être avec dépens caſſée
E' ſelon vos Arrêts é ſelon cette loi.

In omni re conſulendi principiũ id noſſe, de quo conſilium inſtitutum aut tuta via aberrare neceſſum eſt. Εἰ δόλος, περὶ ἑκάστου ἡ συμβουλή.

De plus, n'ayant jamais agi ſur autre inſtance
Que ſur l'expreſſe fin de mon ſimple tranſport
Il devoit s'arrêter aux fins de la Sentence
Sans exceder le but de nôtre inſtant accord.

Iuſtum eſt, vt ille qui alium decipere voluit ſuam ſentiat jaƌuram. *Nouel. vt rem immobil. ſi quis. Conſtit. 61.*

Or comme cette erreur par ſa fraude ét commiſe
Vous deuez par raiſon corriger cette erreur,
La fraude qui des loix ne ſut jamais permiſe
Darde ſouvent ſes traits contre ſon propre autheur.

Croit-il que pour porter le Caſtor & la Pane,
Le muſc, le poinct-couppé, les habits de ſatin,
Il puiſſe jamais faire en cêt état profane
Du iuſte bien d'autruy ſon iniuſte butin?

Si le prix dés vertus que le ſort nous dérobe
Gît ſous ce vain éclat dont pluſieurs ſont couverts
Je veux ſuivre ce train, é reprenant la Robbe
Quitter le lut, les loix, les Muſes & les vers.

Que s'il veut à preſent relever cette guerre
Il faut ſans plus tenir ce combat en ſuſpens,
Qu'il transforme en decret ſes pourſuittes de verre
En payant l'interêt, l'amende & les dépens.

Auſſi depuis le jour qu'il voulut les éclorre
Il ſe garda fort bien d'en attendre le choc
Puis qu'au lieu d'accomplir nôtre errement de clorre
Il laiſſa le procez quinze mois pendre au croc.

E' c'êt pourquoy, Meſſieurs, mettât la mai aux armes
I'ai ſous l'autorité de vos rares faveurs
Réueillé devant vous ces precedens allarmes,
Où i'eſpere le prix qu'acquierent les vainqueurs.

Car m'étant releué de cet acte qu'il porte
Du ſeptiéme de Mars mil ſix cents trente trois
Ce relief rend ma cauſe & ſi juſte é ſi forte
Qu'elle n'a plus recours qu'en votre juſte voix.

Πολὺ κάλλιον καὶ βασιλικώτερον, τὴν ψυχὴν ἔχειν ἱματοῦσαν. Multò Pulchrius magiſque regium animum præferre cultum & compoſitum, quàm corporis veſtem. *Ariſt. præf. ad Alex.*

Bene merentibus præmia tribui oportet. *vt c de ſtatuis & imaginib. l. & virtutum præmia.*

Litem iniuſtè qui movet ad expenſas tenetur. 1 properandum. §. ſine autem. *C. de Iudic.*

Quæ de novo emergunt nova conſilia poſtulant. *l. de ætate §. ex cauſa de interrog. adus.*

Dillationes nimiæ, non debent admitti. *l. 2, ff de judic. §. fin.*

Gravatus in vno, in altero relevari debet. *l. cum qui ff. de jure jur.*

Juſtiſſima quidem ſunt arma, quibus Muſarum auſpicijs, & legum autoritate victoria attenditur. *Caſſiodor.*

ANALOGIE, OV SECONDE PARTIE

du factum Poëtique, côtenant les motifs & circonftãces
de la Requefte Ciuille du fieur de l'Eperoniere Angot,
Auocat, contre M. Auguftin le Petit, deffendeur.

Quæ in præfationibus dicuntur, in fequentibus repetita intelliguntur. *l. tum quia* §. *Fin. de pact. Titia* § *1 c. de ftipul.*

In pactis, vel contractibus ius accrefcendi locũ non habere. *l. fi mihi & Titio de ftipul.*

Per fraudem & dolum totum iuftitiæ munus plerumq; evertitur. Nec quicquam monftruofius cenferi poteft, quam ij qui fub falfa dignitatis fpecie, ex fraude, fallaciis, mendaciis conftare toti videntur. *Cic. pro Rof. com.*

AYant prou combatu la fentence premiere
Du feptiéme de Mars mil fix cĕts trĕte-trois
Il me refte, Meffieurs, d'expofer en lumiere
La fraude é les erreurs de fes premiers exploits.

De vouloir pour fept frãcs ravir quatorʒe livres,
C'êt contre la teneur de mon jufte cedé,
C'êt vouloir fur ma vie entretenir fes vîvres
Sans attendre le iour que ie fois decedé.

Conteftant mon pourvoi de fpeƈtres & de fonges,
Qui durant fa prifon illudoient fon efprit,
Meffieurs me permettront d'éclaircir fes menfonges
Auffi vifiblement que fa main les écrit.

Si l'abfence, la fraude, é les pieces non leuës
Sont les iuftes motifs de mon iufte pourvoi,
L'on void que le Petit a fes fraudes tiffuës
Sur trois Arrêts divers qu'il furprit contre moi.

Qu'êt ce qu'il ne fait pas ? fût-il point de la forte
Jappant dessur le bien de ma troifiéme fœur,
Lorfqu'au droit de mon frere, auät qu'elle fût morte
Il arrêta fon bien dont ie fuis fucceffeur ?

Cela paroît, Meffieurs, par pieces apparentes
Du cinquiéme iour d'Aouft mil fix cent trente huit,
Lorfqu'arrêtant foudain iniuftement fes rentes,
Le Petit iuftement foudain s'en departit.

Les corbeaux sõt plus doux en cét âge où no⁹ sõmes,
Qu'un chancre qui devore é la vie é le cors,
Jamais qu'apres leur mort ils ne mangĕt les hõmes,
Cétui-cy les detruit parauant qu'ils foient morts.

'Αρπακτικώτεροι τῶν γα-
λῶν πάντ' ἀνδρ' ἀποσκο-
λύπτειν. felibus rapaciores
omnẽ hominẽ decoriare,
prædam in finum fuum
conferre. *Lipf. Lib. Polit.*

Secõdemĕt, Meffieurs, s'il pretĕd quelque attainte
Contre mon frere abfent, il devoit par decret
Se pourvoir fur le fonds pluftôt que par contrainte
Puis que fon heritage à fa dette êt fujet.

Tiercement il devoit fuivant nôtre Coutume
Faire ajourner à baon fon abfent obligé,
Reglant nos reglemens aux regles de fa plume,
Il faut qu'il foit leur iuge ou qu'il foit corrigé.

Forma confuetudinis at-
tendi debet. *l. 4 de inft.*
reor.
Vbi non eft ordo, ibi
confufio §. inordinatũ vbi
gloff. 4 Auth. de Hæred.
& fale.

E' quand bien le Petit épuiferoit cent bourfes,
Pour emporter mon bien par fon autorité,
Les ruiffeaux r'ĕtreroïĕt pluftôt dedãs leurs fources
Qu'il puiffe d'vne obole être au decret porté.

Tempore prior, potior cenfetur. l. fi fundum. c. qui por. in pignor.

Comme aîné creancier i'ay bien cette affeurance
Qu'à l'état des deniers ie ferai preferé,
E' qu'il n'aura iamais l'iniufte delivrance
D'vn bien qu'il n'a iamais iuftement delivré.

Prædo nemo eft qui pretium numeravit ac folvit, alioquin prædo præfumitur. l. nec vllam. § fed fig. quis ff de petit. hæred.

Sa dette ne provient que de vin é de fidre
Qu'emprunta feu mon frere a fon pere deffunt,
D'où vint que leurs écots engendrerĕt cette Hydre,
De brevets abbrevez de brevages d'emprunt.

Cela fe void, Meffieurs, par vne iufte plainte
Que feu mon frere en feît àux yeux du Parlement,
Lors qu'il obtint fur luy trois cents liures d'attainte
Dont la mort du plaintif a furfis le payement.

Aliquem effe rei fuæ judicem iniquiffimum eft. Julianus ff de iudic.

Si de fa propre plume il forma cette caufe
Qui luy feît du tranfport engloutir l'outreplus,
Comment peut-il, Meffieurs, foutenir cette claufe
Qui de fon flot d'erreurs fait fon flux é reflux.

Calumniofa fcriptura in judicio vim non obtinet l. 2 de fid. inftrument.

L'écriture fraudeufe aux actes fe refute
E' n'obtient aucun fruit contre vn iufte énoncé,
Que fert donc au Petit d'ajoûter en minutte
Ce qui ne fut iamais du Juge prononcé.

Fauorabilius eft directum quam obliquum. l. fin. c. de adopt.
Alteri per alterum non debet afferri iniqua cõditio. ff. de reg. jur.

Il faut en tous exploits difpofer la Juftice
E' regler chaque poinct fur fon propre niveau,
Nul ne doit pour aucun fouffrir du preiudice
Ni pour l'erreur d'autrui fe brouïller le cerveau.

D'affigner vn abfent dans vn faux domicile
Où mon frere iamais domicile n'élut.
Cet exploit procedant d'vn efprit imbecile
Ne peut trouver chez vous aucun port de falut.

Puis que de ce neant fon principe procede,
Il n'en peut efperer qu'vn finiftre fuccés,
Me concedant ce poinct qu'il faut qu'il me concede
L'amende, l'interêt, les dépens du procés.

Puifqu'aux blâmes d'autrui le droit veut qu'ōs'oppofe,
Puis qu'en fait de procez tous chemins font ouverts,
M'appelant par mépris Robert dedans fa profe,
Peux-je point l'appeler Auguftin dans mes vers?

Or pour ne rien obmettre aux motifs que j'énonce
E' rendre fon erreur par mes pieces détruit,
Mon frere abfolument à la rente renonce
Par accord qu'il m'en feit en Janvier trente-huit.

Auffi ne pouuant pas franchir fes entreprifes,
Ni difputer le droit de mon iufte pourvoi,
Comme ie fuis abfent il obtint par furprifes
En Juillet trente-cinq vn Arrêt contre moi.

Cela paroit, Meffieurs, par les iuftes pourfuittes
Qu'au mefme tans ie feîs contre vn Sergent Virois,
E' qui n'ayant recours qu'aux Viroifes refuittes
Me retint en procés l'efpace de trois mois.

Cōdemnatum accipere debemus eum qui ritè condemnatus eft, vt fententia valeat. Cæterùm fi aliquâ ratione fententia nullius momenti fit, dicendum eſt condemnationis verbum non tenere. l. fi fe § condemnatum ff. de re iud.

Contra vim atque injuriam licitâ effe deffenfionem l. vt vim. de inft. & iur. l. fcient. §. qui cum. ad l. aquil.

Cuius vis abfentia nec eis, nec aliis, non debet effe damnofa. l. abfens. ff. de reg. iur.

Multa in folatium af-
flicti conceduntur quæ
alias non permitterentur,
l. jure fui curfum de jure
dot. l. fin. c. de inftit. &
fubftit. l. vni. fi imperia.

Calamitas filij patri no-
cere non debet, nec filio
patris.

Clara non indigent pro-
batione.

Quod autem falfum eft
nihil eft. l. eleganter. §
qui reprobos. de pign. act.
glof. in l. 2. in verbo non
habent. C. de Hæred.

Litigat ex voto qui liti-
gat abfque patrono.

Qui ftatuit aliquid,
parte inaudita altera,
æquum licet ftatuat, haud
æquû facit. Senec. in med.
μηδὲ δίκην δικάσης, πρὶν
ἀμφοῖν ἀκούσης. Ne caufam
ante judicaueris quàm
vtriufque partis caufam
audiueritis.

Iudex quæ certò non
fcit, certò iudicare non
poteft. l. illicitam § veritas.
ff de Iudic.

De plus au même tans qu'il voulut me feduire
E' qu'il precipita cet Arrêt rigoureux,
Nous étions affligez dans l'element de Vire
Mon fils d'vne bleffure é moi d'vn mal fievreux.

L'abfence dit la loi ne doit être contraire
A ceux qui d'infortune é de mal font faifis,
L'affliction du fils ne doit pas nuire au pere,
Ni le malheur du pere aux accidens du fils.

Si des Operateurs le refert vous l'attefte,
Si ie fais apparoir de leur certificat,
Cela fuffit, Meffieurs, pour rendre manifefte
La furprife é le dol de Monfieur l'Avocat.

D'avoir donc à fon gré fait vuider nos inftances,
Sans que i'euffe iamais ni produit ni pledé,
Il lui fut fort aifé d'obtenir les Sentences
Sur lesquelles, Meffieurs, il ét tres-mal fondé.

J'admire fur ce poinct les rares reparties
Que r'apporte Seneque en fes doctes écris
Qu'un Arrêt qu'on obtient fans ouyr les parties
Ne peut qu'iniuftement emporter aucun pris.

S'il eût reprefenté fa fauffe procedeure
Dont il contumaçoit mon frere fans exploits,
Le Siege fur lequel ma Requefte s'affeure
Ne m'eût pas comm' il feît depourveu de mes droits

Maintenant que le Ciel par un contr'artifice
M'a fait vous découvrir ſa fabrique en ce lieu,
J'eſpere que ie Ciel m'y rendra la Juſtice,
Puis que les fauſſetez ne ſont rien deuant Dieu.

Induire des exploits dans une contumace,
Qui ne furent iamais ny conceus ny formez,
Si tels actes fraudeux ne s'eſtiment fallace,
Comment êt-ce Meſſieurs qu'ils feront eſtimez ?

S'es pieces feront voir cette fraude aſſez claire,
Sans m'inſcrire en ce poinct qui le rend fracaſsé,
Puiſqu'on void qu'il ſurprît ſon deffaut ſur mõ frere,
Plus de dix jours apres qu'il l'eut contumacé,

Puiſque de ce neant ſon principe procede
Qu'en peut-il reſſentir qu'vn ſiniſtre ſuccez
Me concedant ce poinct, il faut qu'il me concede
L'amende, l'intérêt, les depens du procez.

Qu'êt-ce qu'vn ignorant qui vaincu d'avarice
Tiët l'vn des pl⁹ beaux rãgs d'vn publique Barreau
C'êt vn lou dans vn parc, vn renard qui ſe gliſſe,
Dans un concert d'oyſeaux dont il êt le bourreau.

Ces vautours affamez font autant de Tantales
Qui ſur ce vain amas ſont leur propre element
Pareils à ces Griſſons dont les ardeurs brutalles
S'animent de cet or qui leur ſert d'aliment.

In omnibus locis parum firmamenti, parumque virium habet falſitas. *Cic. pro Cluent.*

Bifariam ſit injuria ac vi ſcilicet aut fraude fraus, quaſi vulpeculus vis leonis videtur, vtrique ab hõmine alieniſſimum. Sed fraus odio digna majore.

Litem qui malè movet ad expenſa tenetur. *l. properandum.* §. *Sine aut C. de Iudic.*

Gryphi aurum mirè amant, mirèque cuſtodii & ſunt infeſti attingentibus. *Pompon. Mela de ſitu orb. lib.* 2.

Vulnus Achilleo quœ quondam fecerat hoſti, Vulneris auxiliũ Pelias haſta tulit.

Novit nepotem Tele-
phus Nereïum.
  In quem fuperbus ordi-
narat agmina myforum.
Horat. lib. epod. od.

Si Telephe eut recours aux armes de ce Prince
Pour fe garir du coup dont il l'avoit bleffé,
Faites que voftre voix qui de mon droiɑ̃ m'evince
Me releve en ce droiɑ̃ dont ie fus evincé.

Iuftè deprecantibus nil debet denegari. *l.* 1 § *dominor.* **quidem** *ff.* **qui** *fui vel alicui*
iuris funt.

In Aug. Parvulum.

Vixifti magnus; fed tandem, Iudice magno,
  Cum parvis meritò, parvule, parvus eris.

GRATIARUM ACTIO, OB LITEM
bene maturèque judicatam

VIcimus, ô Memmi, Phœbo duce, & aufpice Phœbo.
    Dux nobis, Memmi, Phœbus & alter eras.
Vt Caftor Polluxque, mihi affulfere Valentes,
    Ambo fupremi lausque decus que fori.
Præfidet hîc moderans lites, ille affidet vrnæ:
    Doctrina gemini iuftitiaque pares.
Tu quoque ab Andrea, cui virtus inclyta nomen
    Addidit, vt Grajo nomen in ore fonat,
Confilium mente & lingua, fanctumque Senatum
    Movifti, referens quæ mea cauffa foret.
Verfibus indictus noftris Perrotus abibit,
    Pollice facundum tangere doctus ebur,
Cum mixtœ ceruis venient ad pafcua tigres,
    Ac repetent facrum flumina verfa caput.
Mufa pudens alios Patres celebrare veretur,
    Ne laudis culpa deterat ingenij.
Non tantum geftare poteft elegéia pondus;
    Præfertim alterno debilitata pede.
Quinque viros tantum amplexus tamen alloquar omnes
    Ne videar meriti non fatis effe memor.

Gratus ergò ago grates, quod jus tribuiſtis & æquum
    Nec longæ ſenſi maxima damna moræ,
Vos igitur poſthac omnes saluete Patroni ;
    Et dicar veſter dum ſine lite cliens.

IMITATION DES VERS PRECEDENS,

Par le Sieur de L'Eperonniere Angot.

PLace placè aux Bouquets ; puis qu'en faueur des Muſes
J'ay vaincu des Virois les victoires confuſes,
Où mon cher *VAUQVELIN* corrigeant leurs abus
Fut mon Aſtre, mon chef, mon vnique Phœbus,
Dont le Fils empruntant la lumiere ſacrée
M'eſt un diuin Pollux dans ce temple d'Aſtrée,
Où ſon Pere Preſide, & comme vn vray Caſtor
Y fait briller ſa gloire & ſa prudence encor.
Si bien qu'ils vont reglant l'ordre de la Juſtice,
Le Pere par ſa voix, le Fils par ſa Police,
Qui va dans ce beau lieu par ſes juſtes travaux,
De Sainct Yues portant le nom *DES-YVETEAUX*,
Dont l'ardente faueur, dont l'ardeur fauorable
Diſpoſa pour mon bien ce Siege incomparable,
Qui corrigea ce Juge ayant ſuperbement
Dans Vire peruerty ſon juſte jugement.
    Toi, mon cher *DES HOMMETS* dont la prudence auguſte
Fit le docte recit d'vne cauſe ſi juſte,

Plutôt auec les Cerfs les Tigres s'vniront,
Plu-tost vers leurs canaux les flots rebrosseront,
Que j'efface iamais ton nom de ma penfée,
Qui vers ce lieu diuin eft fans ceffe dreffée,
Où Rouxel, de Trois-Monts, le Clerc, Mefnil-patry
Et le docte Picard des Mufes fauory
Approuuerent ta voix ; & tous ceux qui ma Mufe
Rendans en ce fujet honteufement confufe,
Bouchent l'air à ma voix, puis que ma plume craint
D'obfcurcir leur merite & fi jufte & fi faint,
Veu qu'en fi peu de Vers il ne m'eft pas poffible
De bien dire vn fujet qu'on peut dire indicible,
Sous vn faix fi pefant ma Mufe ne peut pas
Forcer l'infirmité de fes debiles pas.
Si mefmes Pafferat, d'où j'ay pris ce langage
N'ofe pas entreprendre vn fi penible ouurage,

   Cinq ou fix feulement qu'en ces vers j'ay compris
Comprendront le furplus de ces fameux efprits,
Dignes d'eftre honorez de ce fameux trophée,
Non du lut de Ronfard ; mais de la voix d'Orfée,
Je ren graces au ciel de ce qu'en ce procez
J'eu fous vn tans fi bref vn fi jufte fuccez.

   Vous fameux Aduocats dont la voix admirable
Soutint fi bien mon fait dans ce lieu venerable,
J'honore voftre accez, & beny ce lien,
Pourueu que fans procez ie fois voftre Clien.

PALINODIE.

Sur le mesme sujet.

C'Eſt trop Latiniſé. Sus changeons de langage ;
Pour vn ſi beau ſujet Paſserat eſt trop ſage,
Je veux parler François, & par tout l'Vnivers
Celebrer ce Triomfe au milieu de ces vers.
   Virois, puiſqu'à preſent le cours de vos armées
Ne gît plus qu'au ſurcroît d'vn r'amas de Pigmées,
Qui manquans de Pilote, & flottans loin du port
Ne fait que chanceler ſous la rigueur du fort.
Quel fruiᬠeſperez-vous de vos vaines pourſuittes,
Puis qu'en ce rude aſſaut vos forces ſont deſtruittes ?
Voſtre cauſe eſt ſans nerfs. Vous n'auez plus de droit
Si ce n'eſt pour blâmer l'erreur qui vous déçoit.
   Cette Hydre ayant perdu ſa capitale teſte
J'eſpere qu'aiſement j'en feray la conqueſte,
Pourueu que cet Hercule auteur de ce bonheur
Me targue de rechef de ſa juſte faueur.
Attendant le Laurier d'vne ſi belle gloire,
Muſes, je veux chanter ma preſente victoire,
Qui nous rendant l'eſprit plus libre & plus diſpos
Nous force de vuider les verres & les pots.
   Sacré fils de Semele, intime ami des Muſes,
Qui combles nos eſprits de leurs graces infuſes,

5

Fauorise à mes vœux ; & fai que desormais
Je possede le fruict d'vne eternelle paix,
Inspire nos desseins, charge nos saintes tables
De Nectar, d'Ambrosie & de mets delectables.
Presidant au millieu de la trouppe des Dieux
Fay voir en ce festin ce qu'on void dans les Cieux.
Qu'Até porte-malheur loin de nous se retire,
Qu'on ne parle auiourd'huy que de boire & de rire,
Que Phebus, que Pallas, que Mercure & Cypris
Accompagnent l'humeur de nos libres esprits.
Buuon à la santé de nos fidelles Juges,
Qui des justes plaintifs sont les justes refuges,
Qui dignes de l'odeur de nos sacrez Bouquets,
Nous causent le sujet de nos rares banquets.
Et me font esperer que ma juste deffense
De ces fougueux esprits destruira l'insolence,
Qui n'ont rien de plus cher sous leurs traitres abbus
Que de perdre en procez les chantres de Phebus.

Donc ô diuins esprits, donc ô Troppe sacrée
A qui j'ay pour jamais ma Muse consacrée,
Si mes vers ont cet heur d'aggréer vos esprits,
Si deignans jetter l'œil sur mes humbles écris
Vous jugez mes trauaux dignes de vos merites
Ecartez de mon chef ces chancreux hypocrites,
Qui par force de brigue & non par équité
Pensent rauir mon bien, mon nom, ma liberté ;

Qui malgré mon appel & mes juſtes complaintes
Me donnent tous les iours des nouvelles attaintes,
Afin qu'eſtant priué du fruiĉt de vos faueurs
Ils empeſchent mon lut de toucher vos honneurs,
Sçachans bien que de là tout mon bonheur ſuccede,
Et que d'vn ſi bon heur tout leur mal heur procede.
    Témoin ce chancre affreux qu'en la Cour ie donté,
Sur vn pareil appel dont le prix j'emporté,
Lorſque j'eu cet honneur de celebrer la gloire
De ce fameux Senat auteur de ma viĉtoire,
Senat où l'Equité diuinement reluit,
Et qui donne à mes vers vn libre ſauf-conduit.
Ce qui fait qu'à preſent partout on les eſtime
Et qu'en depit de moi l'Imprimeur les imprime,
Bien qu'ils ne ſoient encor couronneȥ des honneurs
Que leur viĉtoire attend de vos juſtes faueurs,
Sans leſquelles, Meſsieurs, on verroit conuerties
Leurs odorantes fleurs en poignantes orties.
« Les Palmes ſans viĉtoire & les combats ſans prix
« Sont fruits manques de fleurs, & fleurs mãques de fruits,
Car rien n'eſt plus ſenſible aux ſenſibles courages
Que de ſe voir fruſtreȥ du fruiĉt de leurs ouurages,
Et de voir leur Printemps ingrattement fleſtry
Tandis qu'ils vont chantant les merites d'autruy,
Ce qu'Homere a chanté d'vn Poëte de Mycenes,
Qui ſa Muſe amuſant a chanter ſes Mœcenes,

Méprisoit son bien propre & se rendoit chetif :
Si changeant de methode il eust manqué d'esquif,
Pour se resoudre ailleurs & changer sa demeure,
Souz l'heureux element d'vne chance meilleure.
   Mais ayant ressenty tant d'vtiles effects,
De la sincerité de vos justes arrests,
Je ne craindray jamais d'encourir cette honte,
De perdre cet honneur qui mon labeur surmonte,
Exposant en public mon trauail tout entier,
Sans que chaque Factum soit orné de Laurier ;
Autrement ce seroit publier mes vlceres,
Pour seruir de risée à tous mes aduersaires,
Et frustrer le public d'vn si rare projet
Qui sans cet ornement est du tout imparfait,
Veu qu'il consiste moins au gain de la victoire
Qu'au recit qu'il attend de vostre heureuse gloire ;
Puisque c'est tout l'espoir de ma félicité
De sacrer vostre Nom à la Posterité.

A NOBLE HOMME HERCVLE
VAVQVELIN SIEVR DES YVETEAVX,
Lieutenant general au Baillage &
Siege Prefidial de Caen.

SONET.

IE compare ta gloire aux merites d'Hercule
Hercule retira mille efprits des Enfers,
Tu m'as tiré d'un lacq où cent maux j'ay foufferts,
Sous l'afpec̄t furieux d'vne âpre Canicule.

Hercule fut fans vice, & tu vis fans macule,
L'on t'offre mille honneurs qui lui furent offers,
Hercule vainquit l'Hydre, & fous tes juftes fers
Tu dontes les abbus de ce Tans ridicule.

Hercule aima la Mufe & toi fes doctes Sœurs,
Hercule vint du ciel, & tes predeceffeurs
D'vn fang noble & fameux, dont ta race eft iffuë.

Tu differes d'vn poinct; car ta puiffante voix
T'acquiert plus de Lauriers, que fa rude maffuë
N'acquît iamais d'honeurs dans fes puiffans exploits.

FIN.

TABLE ET NOTES.

P. 6. — v. 16. — *Namps :* Gage, nantissement,
meubles et vêtements.

P. 6.— v. 23 et 24. — Termes empruntés au jeu
de Paume.

Factum poétique contre Jean du Pont. .   .   6 pages.

P. 1. — v. 2. — Il y a dans l'original *d'âme et foy*,
ce qui rend le vers faux.

P. 2. — v. 12. — On pourrait croire qu'il s'agit
ici de la Saint-Martin, un des termes fixés
pour le paiement des rentes. Mais il est sim-
plement question du Sr Le Petit, dit Saint-
Martin, un des adversaires de R. Angot.

Après la page 6, il y a un feuillet blanc, dans
l'original.

Factum poétique contre Julian Hubert, etc.   8 pages.

Page 2. — v. 13 et 15. — *Consinement, consiner :*
Consignation, consigner.

P. 4. — v. 1. — Grangues, Valtot, Moulineaux
et Toutainville. Communes et hameaux du
Calvados et de l'Eure.

Plédoyé des Muses, etc. contre Me A. Le Petit. 16 pages.

En marge de cette pièce se trouvent de nom-
breuses citations grecques. Nous aurions dû
peut-être les copier scrupuleusement ; mais
devant cette accumulation de non-sens, force
nous a été d'essayer une restitution hasar-

deuse. Si nous avons remplacé les fautes anciennes par de nouvelles, que les *esprits rudes*
ne s'en formalisent pas trop et que la grande
ombre de Burnouf nous soit indulgente !

P. |7. — v. 10. — L'imprimé ancien ne com-
prend que 13 pages; il est nécessaire d'en
employer 16, dans la reproduction, à cause
de la difficulté de placer les notes marginales.
Il y avait, dans l'original, *procès*, qui ne
rimait point avec *prochain*. Une main du temps,
probablement celle d'Angot, y a substitué
dessein que nous avons conservé.   .

P. 7, lignes 18 et 19 des notes. — Ces mots
πάντ᾽ ἄνδρ᾽ ἀποσκολύπτειν ici et plus bas sont
pris dans un sens fort honnête par Juste
Lipse et par Angot; mais dans le fragment
d'Archiloque d'où ils sont tirés, ils ont un
autre sens très licencieux. Ils répondent au
glubere de Catulle. Carm. LVIII. On croit
qu'ils figuraient dans les invectives dont le
poète diffama les filles de Lycambe. — Ra-
belais n'a eu garde d'oublier cette malséante
équivoque : Pantagruel, liv. III, chap. XVIII.

P. 9, ligne 1 des notes. — Ce passage d'Aris-
tote est affreusement tronqué : Πολὺ κάλλιόν
ἐστι καὶ βασιλικώτερον τὴν ψυχὴν ἔχειν εὐγνω-
μονοῦσαν, ἢ τὴν ἕξιν τοῦ σώματος ὁρᾶν εὐξιμα-

τοῦσαν. Longè pulchrius est, ac regale magis, animo esse bene constituto, quàm habitum corporis vestibus ornatum pulchris intueri. (*Aristot. Rhetor. ad Alex. cap. I.*)

> Page 2, ligne 9. — Vauquelin (Guillaume) Sr de la Fresnaye au Sauvage, fils aîné de Jean Vauquelin, le poète. Succéda aux charges de son père.
>
> P. 2, lig. 18. — Des Yveteaux (Hercule Vauquelin S^r) fils du précédent et de Marie du Quesnoy, lieutenant général au Bailliage de Caen.
>
> P. 2, lig. 23. — Des Hommets, Avocat à Caen.
>
> P. 3, v. 5. — Rouxel (Jean) ou Roussel, jurisconsulte et poète latin, né en 1530 à Bretteville, mort en 1586 à Caen, où il était professeur Royal en éloquence et en droit.
>
> P. 3, v. 5. — Trois-Monts, Le Clerc, Mesnil-Patry et Picard étaient vraisemblablemen juges ou assesseurs au Bailliage de Caen. Picard réunissait à cette qualité celle de poète.

FIN.

Achevé d'imprimer

A ROUEN

LE QUINZE NOVEMBRE MIL HUIT CENT SOIXANTE-TREIZE,

Par Espérance Cagniard.